文芸社セレクション

我が闘い

労組12年・秘書6年・北京11年

大&高
O&TAKA

文芸社

目次

まえがき

我が人生の最後のタイトルは漢詩2題『活過2次（2度生きた）』『無絶期SDGs（終わり無し）』の最後の文言から取っている。初めの文言は、一介の農民が昼は農作業で汗を流し、夜は疲れた身体に鞭打って詩の世界に没頭し、この両方を貫く人生に自らを欣慰し「自分は2度生きている！」と叫び詠ったものである。私も古希を迎え今人生を振り返り「人の2倍生きた（経験した）！」として用いた次第である。2番目の文言は有名な白居易の長恨歌の最後に「此恨綿綿無絶期（この恨みは永遠に終わることはない）」という。私は人生残り約10年にあたりSDGs（持続可能な社会）、即ち温暖化で地球存続の危険に対して「資本主義の超克――脱経済成長コミュニズム（斎藤幸平著）」の実現を願っている。現在は生まれ故郷で日々自然農に取り組むとともに孫の成長を楽しみにし、真に「終わりのない永遠に持続可能な社会」の創造へ出来ることをやっていきたいと思っている。

［I］出生～高校卒業編

1　親父はシベリア抑留で辛苦！

戦後6年経った1951年（昭和26年）3月9日生まれの5男坊、当時は産めよ増やせよが終わろうとしていた時代であった。兄弟は全部で8人、一番上と下が女である。親父が満州に出征してシベリア抑留のため上の4人が戦前、戦後が4人、その間が6年空いている。

長女は生まれて間もなく脳性小児麻痺にかかり、しかも隣家の仔馬に顔・顎を蹴とばされてその傷が残り、家族兄弟は（イジメなど）辛い思いをしてきたが、その後の人生において他人を思いやることに繋がったと感じている。親父は死ぬ前に、「長女は小児マヒだったが、その下7人は皆立派に育ったというみんなの評判だ」と誇らしく語っていた。

2 「イナカッペ」18歳で東京さ行く

親父は、シベリア抑留から帰ってきた頃は精神が病み、吃音とともに言うより早くゲンコツが飛んできた。シベリア抑留について語ることはなく、親父の唯一の思い出は、「テレビに昭和天皇が映ると、『オレはあいつにひどい目にあった』」という言葉だった。そのたびに周囲からは「共産党ですか?」とからかわれたが、それほどシベリア抑留は本当に苦しい体験だったのだろう。親父は酒は一滴も飲まず、飲み会の多い田舎でいつもポツンと一人で囲炉裏端にいた。子供心にあのような親父になりたくないと思ったもので、息子たちは母親似なのか全て大酒飲みである。

福島県の米作り農家で家族は13人（当時TVで『ただいま11人』のド

ラマあり）、特に1年違いの兄と高校に行っていたころは家計が苦しいのを肌で感じていた。中学時代はクラス委員と野球部の文武両道で活躍し、高校は田舎村から市内のS高校（あばれる君の母校）に入った。しかし勉強はあまりせず農作業の手伝いと養豚での餌やりを日課とし、夏休み・冬休みは土木作業のアルバイト（1日千円）をした。そこで稼いだ金は学費として納め、いつしか大学進学は諦めざるをえなかった。人見知りの田舎モンは市内の同級生に溶け込めず、高校時代の良い思い出は全くなくそれ以来過去を振り返ることを一切しない。しかし幸運にもY社に入社が決まり、人生は大きく変化していった。

〔Ⅱ〕　Y社に就職～労働運動編

1　新人研修後の配置先は新宿倉庫

　Y社の高卒同期者は約１００人、研修の中で労働組合の時間があり「会社と労組は対立している」と説明があった。私は、「会社のために一生懸命働こうとしているのに、会社と労組が対立しているのはおかしい」と発言した。いかに「右も左も分からないド田舎モン」であるかが分かる。研修後の赴任先は思いも掛けぬ倉庫業務であった。他の同期は本社や工場であり、新宿の先の初台にある東芝倉庫に着いた時は（惨めさなのか？）涙が出そうであった。倉庫の従業員は正規社員が5人くらい、あとの30人くらいが非正規社員である。当時はストライキが盛んに行われており、労組のストライキが実施されたとしても非正規社員が製品の発送をするのである。労組の連絡員をやり始め、非正規に対する会社対応を疑問に思い非正規社員に会社への思いを手紙に書いてもらった。それを労組本部に送ったところ会社と交渉して非正規社員をなくす事になり、倉庫業務も正規社員に変わっていった。

2 「悪T所長の発言」に怒り明大2部（労働法）へ

入社1年半後に三菱倉庫への引っ越しがあり、その影響もあって出荷業務量が増えて残業に次ぐ残業が続いた。みんながクタクタになっているところに新任T所長が来て、「君たちは何をやっている！ こんなに出荷伝票が溜まっているではないか」と言った。一度も残業を断ることなく必死に働いていた私は、このT所長の発言に対して怒りが爆発した。労働組合の活動にのめり込むきっかけともなり、入社2年が過ぎようとしていたが夜間大学に入って本格的に労働法を学ぼうと決意した。

人の人生はどう転ぶのか分からない。もし倉庫現場で肉体労働でなければ、もし悪T所長のあの発言がなければ労働運動への道はなかった。人前で話も出来ない者が労組役員が出来るのか自信もなかった。明治大学で柔道部にも入り様々な友人から刺激を受け、更に中核（過激）派や民青（共産党青年部）とも議論し徐々に左派思想に傾倒していった。社内に手相が当たるという若い女性がいて曰く、「あなたには野望があり、それに突き進んでいけ！」と言われその気になっていった。また、オールナイトで『人間の条件』を見て感動し、自分の考え方と進路方向が次第に固まっていった。

3　椅子（地位）が人を創る（労働組合専従へ）

明治大学法学部で労働法を学びながら、一方では労組の職場委員から中央委員へと活動家として労働運動の理論と実践を学んでいった。現場の組合員から信頼を得て職場の諸問題も多くを解決していき、倉庫の職場からもメーデーへ多くが参加するようになっていった。悪T所長が、「彼の思想性はどうなっているんだ?」という声が聞こえるくらい左派の活動家として目立っていた。入社して8年が経ったある時人事異動が発令され、倉庫業務から東京支店事務職への所謂出世である。色々考えたが断るべき正当な理由もないので受け入れることとしたが、何となく胸騒ぎもしていた。

その異動から3か月も経たないある日、会社は倉庫業務の下請け化を提案、これに対して労組本部は受け入れ方針を出した。この受け入れ方針を支部三役が倉庫の組合員に説明に行ったが、組合員は大反対し収拾がつかなく徹夜での話し合いとなった。私のところに組合員からいくども電話が入り、これまでの自分の職場での活動に胸が高鳴り一睡もできなかった。「お前が異動したから、会社は下請け化を提案したのだ！」と組合員からは怒鳴られた。最後は労組本部が乗り出して説得にあたり、みんなも朝まで一睡もせずに疲れ果て収束に向かっていった。

4 労組U委員長との出会いが運命を変える

新たな職場で労組活動を再開し、本社支部の書記長を3～4年務めた。当時の労組本部はU委員長とJ書記長の2人が交互に担っていた。U氏は工場支部からJ氏は本社支部から中央委員として先ず選出され、定期大会で本部三役に選出される組織形態である。そこでJ氏を中央委員選挙で票割りを調子の良いP氏にまかせ（恐らく票割りをしないだろう）、結果はJ氏が最下位次点となり本部役員への道を断念させることとなった。

本社支部の書記長時に「職場活動の手引き」を作り上げ、他支部でもこれをもとに勉強会を実施していた。30歳で結婚し、翌年にU委員長から労組本部入りの打診があり、既に労働運動に深く関わり自らの志からも本部専従入りを了承した。自信はなかったが「椅子（地位）が人を創る」ことを固く信じ、将来の目標は労働者の社会を目指して活動していくとの考えをもっていった。

5　春闘3000名集会（芝公園）で決意表明

1982年9月労組専従になり1年目は中央執行委員として活動、3月産業別労連の春闘総決起集会が東京タワー前の芝公園で開かれ、専従成り立ての私が薬業を代表して決意表明をすることになった。当日は雨天にもかかわらず3000名が集まり、さすがに足がガタガタ震えたが練習通り（総評富塚三夫の演説を真似）にでき、みんなからは一番良かったと言われた。

専従2年目で書記長に就任し、U委員長はこの1年を最後に引退することを表明していた。日本の労働運動は「連合」右傾化への曲がり角にあり、産別労連内でも右派と左派の路線闘争が活発化していた。「闇夜に一人歩きは心細い、みんなで手を合わせて行こう」と春闘を始めた太田薫（前委員長）の流れをくむ左派は少数派で闘う労働組合をめざしていた。産別定期大会で遂に分裂状態となり、Y労組は左派の中軸労組となっていった。「賃金とは労働力の価格であり、労働者の人間らしい生活費即ち労働力の価値として、直接的には労使の力関係で決まる」の信念をもとに、会社へのチェック機能を果たすという労働組合の活動基本方針をかかげていた。田舎モンが定期大会での質問に対する答弁を繰り返すうちに、頭の中で考えながらまとめを行ないそれを言葉にして答弁していくということもできるようになっていった。

6　夏のボーナス闘争で「2日半の空打ちスト」

翌年N委員長が新たに選出され、10数年に及ぶU委員長は退任し、会社との関係も不安定な時代へと入っていった。冬の一時金（ボーナス）と春の賃上げは難なく終え、問題の夏の一時金（ボーナス）闘争を迎えた。会社の業績も陰りを見せており、労組は「月数維持（会社は金額）」を必須とし、会社はこれにかたくなな態度で対応してきた。担当常務が前面に出て事務折衝の人事部長・労政室長は何もできず、事務折衝はお手上げ状態になった。一方、N委員長は就任1年目で終始強硬な対応をとり、会社との折衝役の私は書記長2年目でその役割を果たせず、労使交渉が膠着状態が続き力不足を痛感することとなった。

組合員3000人、しかも夏の一時金（ボーナス）闘争でストライキに突入するという異常事態になり、交渉はまとまらず2日が経過した。翌日の昼に労組はスト収束を宣言し、会社は解決金を打診してきたが労組はこれをも拒否し、2日半のストライキは「から打ち」となって終了した。私は妥結提案において会社の解決金を「毒まんじゅう」と説明したが、当然組合員からは不満も出された。会社側は担当常務・人事部長・労政室長が更迭となり、労組も「話合い協調路線」へ運動方針を変更することとなった。その後労使は話し合いでの解決をめざし、新E人事部長は労組活動に理解を示し、新O労政室長とは業界の労使によるアメリカ2週間研修を一緒に行くなど現在も親交を重ねることとなった。新しい人事部長E氏との出会いが労組専従退任後の職務にも大きな影響を与えることとなった。即ち、退任2年後に横浜支店から営業本部の異動へと本社へ引っ張ってくれたのである。

7　労組専従を退任、横浜支店業務へ

書記長5年、労組専従6年の最後の年に親父が亡くなった。田舎の葬式に会社・労働組合から100通を超える弔電がきて、それを全部読み上げたので周りはその多さにびっくりするとともに長男は親父への供養になったと喜んだ。一時は労働運動に生涯をかけると決意したが、実際に労組専従活動をして現実とのギャップと限界も感じ、後ろ髪惹かれる思いで退任することとした。最後の定期大会で、「労働組合は民主組織のひとつであり、その役割は大変重要である」と述べ、労働運動に別れを告げた。その時37歳である。

労組専従時は年に4回全国オルグ（春闘・夏と春の一時金・運動方針）で出張し、普段は夜遅くまでの会議と飲み会、そしてカラオケと帰

りはタクシーがほとんどであった。従い子供と遊ぶ時間は勿論のこと、顔も見ない日が当たり前のようになっていた。長女は小さいときにTVの桃太郎侍（高橋英樹）が出ると、「アッ、パパだ！」と叫ぶので、知らない人には、「アッ、そおー!?」と妾の家族と思われ笑い話である。横浜支店への転勤時は子供が小学1年と幼稚園であり、それまでの家族への罪滅ぼしとして子供とよく遊び、長女が肥満ぎみでもあったので毎早朝に小学校の鉄棒で逆上がりの練習をした。

8　横浜支店2年で突然の営業本部へ転勤

労組専従になる前の仕事への考えは、会社への反発とともに同じ労働者仲間とは競争しないとの思いがあり、仕事はほどほどで会社の評価も平均より遅れた昇給昇格であった。しかし労組専従を退任した後は何でもどんな仕事も引き受け、以前を知っている周囲からは、「人が変わった！」と言われるほどであった。合成工場に共産党員がかなりおり、いずれも労組役員としても優秀で「共産党員ほど会社の仕事をする」という評価が定着し、それが自分の仕事観を変えることとなった。

横浜支店で2年が経過しようとし、日本経済は丁度バブルの最頂点にあった。バブルが崩壊する危険を感じていたが、不動産屋は「バブルが崩壊したら日本経済は大変なことになるので絶対ない」と言い切り、東京に戻れないならば横浜で戸建てを買おうと決断した。まさに契約しようとしたその時、「東京本社の営業本部」への人事異動が発令された。Ｅ人事部長が東京に2年で戻してくれたのである。

労組書記長5年の間、Ｅ人事部長には年4回の全国オルグでの職場の問題点の報告を行ない、特に営業部門の実態と問題点について話をした。当時新薬が少なく厳しい営業が続いており、東京Ａ支店長と名古屋Ｂ支店長のノルマ追求とパワハラ問題が各所で起こっていた。名古屋支店の旅館オルグの際には、Ｂ支店長の営業方針と予算配分について組合員同士のケンカが始まり収拾がつかない程であった。当件を報告すると電話にて副社長から、「今会社は日銭が欲しい時だ、証拠が欲しい」とあり、名古屋市支部三役に伝えると、「書記長のことは無視しろ」ということが伝わってきた。支部三役はＢ支店長とベッタリであり、それを主張したのがあとで北京で総経理（社長）になるＷ支部長であった。

その後もＥ人事部長は営業部門の改善を図っており、私が書記長退任後にE人事部長はA支店長と話し合って、その興奮したまま労組委員長に、「営業の改善に労組も一緒に協力してくれ！」と話したという。その結果A支店長とB支店長は解任となった。営業本部長には社長の最も信頼厚いD本部長がなり、営業計画部長が空欄であり、社長は、「E人事部長、あなたが営業計画部長なるのだ！」と言われたという。これによりY社の営業はノルマ・ノルマの時代から、「プロセス重視・質の営業」へと大きく変わることとなった。

横浜支店では上司と仲間に恵まれ、支店の売上げ業績も大きくUPしていた。また営業にS高校の先輩が3名いて「S三兄弟」と絶大な評価を得ていた。そこに内務の私が加わり「S四兄弟」として名を馳せることとなった。横浜のH支店長は酒を飲まず人柄もよく、営業マン一筋で能力もあって話がうまく本社からの評価も高かった。H支店長とは東京へ転勤の一年後営業本部にて再び一緒になり、更に営業計画部長から本部長へ出世し腐れ縁として長く仕事で関係することになる。

［Ⅲ］営業本部長秘書（ゴーストライター）転勤編

1　営業本部に転勤初日：歓迎会と弔文作成

新しい仕事は営業本部長秘書、即ちゴーストライターである。半期ごとの営業計画書の巻頭言、年2回のスタート会議の社長挨拶文、毎月の支店長会議の司会進行など頭を悩ませストレスがたまる業務であり、前任者は全て2年の任期であった。特に年末には業界紙や社内の新年挨拶など6つの本部長挨拶文を作成、そのネタとともに業界動向も常にチェックが必要であった。赴任の第一日目に歓迎会が予定されていたが、その直前に高松支店長が劇症肝炎で亡くなり本部長が葬儀にて弔辞を読むことになった。私の初仕事がその弔辞文を書くことであり、歓迎会が終了したあと自宅に帰ってから明け方までかかって書き上げた。所属は営業計画部の一員であるが、その業務は本部長の秘書兼ゴーストライターであり、実際の業務内容は本部長以外は誰も知らないのである。

2 「聖書曰く……」＆「サッカー元年」

営業本部1年後にH横浜支店長が営業計画部長として着任し、更にその2年後には本部長となった。計画部長に栄転したときは周りから、「優秀な部下を先に送っておくとはさすがですね」といわれた。6年間の挨拶文で記憶に残るものとして、第一に京都の老舗卸が吸収されて消滅する時の本部長挨拶である。本来卸担当が書くべきところ、H本部長はその内容が不満で私に書くよう現地から電話指示があった。なぜ私が卸での挨拶文を書くのかという思いもあり、NHK英会話テキスト（英会話を勉強中）に「聖書曰く、明確な展望がないと民は滅びる」とあったので、それを逆にして「聖書曰く、明確な展望があれば民は発展する」と書いて連絡した。H本部長はその通り話したそうだが、何とその吸収される卸の社長は「白い顎髭を生やした敬虔なクリスチャン」であり、H本部長挨拶に周囲も感動したとのことであった。支店幹部から、「どうやってクリスチャンと分かってあの挨拶文をつくったのか？」と問われ、「いや、あれはアイツがつくったんだ」とばらしてしまったという。

日本のプロサッカーがスタートし、H本部長名で「サッカー元年」として社内学術誌に掲載した。その中でサッカー協会がプロ野球の企業名を冠とするのとは違って「地域に冠した地域戦略」を基本とした点、及びサッカーに子供たちをどう育成するかボランティアの指導とその長期戦略に注目し、わが営業も「地域戦略と長期戦略の必要性」を訴えた。社内的にも評判となり、ある時エレベーターで他部署の取締役などと一緒になり、その取締役曰く、「いやー、H本部長にあのサッカー元年を書くような文章能力があるとは思わなかった」と言われ、H本部長は私を指さし、「あの文章はコイツが書いたんだ」とみんなの前でばらしてしまった。そのエレベーターに一緒にいたのがＪ財務部員で、あとで中国で現地法人の設立に転勤となり、その後北京の営業部門への内勤者の要請を人事部にする際に「私の名前を指名」することになるのである。

3 「啐啄同機」＆「激動・変革・挑戦・創造」

大型新製品の発売前の巻頭言に「啐啄《そったく》同機、つまり卵から雛が殻を破って出てくるときに同時に親鳥が外から殻を突いて破る」という二度とないチャンス意味する内容を営業戦略として掲載した。これが大変な好評を呼びその数年後私が中国に転勤し、わざわざ北京まで後任者が電話をよこして、「この文言を再度使用して良いか」と、勿論「私の文言でないのでOK」と伝えた。人事室長から子会社の社長になったR氏からも北京へ社内メールがあり、「あの文言は何だっけ、挨拶に使いたいが忘れてしまったので教えてくれ」とあった。

阪神淡路大震災後の巻頭言では「営業での危機管理」、即ち砂上の楼閣にならないよう営業基盤の確立を訴え、本部内でも「これは誰が書いたのか」と話題になるほどであった。業界の環境が大きく変わろうとし、営業スローガンも「激動―変革―挑戦―創造」と提案作成した。別の部長から「このスローガンは中国だ！」との声もあった。年末の3業界新聞からの投稿依頼もH本部長のチェックなしで出し、他社の挨拶文章と比較して満足する出来であった。Y社は大型新製品の発売が続き、入社時に業界6番手くらいであったのが2番手まで成長をしていた。

ゴーストライターとして一番の難題は、年2回ある営業スタート会での社長挨拶である。それを書くにあたっては「一旦社長になりきる」ことが重要であり、そういう意味で私は1年に2回社長になった（気分）のである。二番目の社長はそのまま話すのでなく、その中からピックアップして話すことになる。社長の趣向もだんだん分かるようになり、「新製品の売上げ予測でH本部長は150億円と言ったが、社長の私が200億円は可能と言ったらやはりその通りになった！」と書いた通り話してくれた。そういう裏話を知らない周りから、「今日の社長の話は細かくないか?」という声が聞こえてきた。

〔Ⅳ〕中国（北京）駐在11年編

1　H本部長から「I計画部長と合わないから北京転勤」を打診

計画部長に東大出身で次期社長候補と言われるI部長が就任した。本部長秘書業務は既に5年が過ぎて6年目に入っており、私とH本部長とは長く仕事を一緒にしてきたので本部長の考えは分かりすぎるほどであった。I計画部長の出してきた案に対し、私は「この案では本部長がOKしないだろうし通らない」と、I計画部長は「やってみなければ分からないだろう」という場面が2度もあり、その結果もH本部長がOKをしなかったのである。しかし外から見れば「一介の部員が計画部長に何を言うか」と映ったであろうし、計画部長に意見する必要はなかったのである。

ある日H本部長から呼ばれ、「お前はI計画部長と合わないだろう！」と、「エッ！ どういうことですか？」と私は惚けて尋ねた。「今の話は無しだ！ 実は北京への異動の話があるのだがどうか？」私は、「面白いですね、正式には明日返事します」と言った。後日この異動が出てきた経過を確認したところ、中国での営業がうまくいってなくその北京営業本部の内勤要員として「中国の現地法人側から私を指名（人事部が個人名を要請）」し、人事部では「H本部長の子飼いであり、本部長が離さないだろうがダメモトで一応打診だけしてみよう」ということの経緯が分かった。

1996年6月北京への辞令が発令された。その前の4月、「北京の会議に来れないか？」という要請があったが、なぜかH本部長は「発令前なので許可しない」とし事前に北京へいくことはできなかった。また、北京のM本部長に北京に赴任するにあたり、何を用意すれば良いか電話をすると、M本部長は、「北京に詳しい人がいるというので電話を替わる」と、替わった人は、「ナ・なにか、コ・こまったことありますか？」と日本採用の中国人であった。私は事情が分からず驚いて、「後で電話します」と切ってしまった。従い、中国の事情も赴任で持って行くのも分からず、また赴任の前に現地を見ることもなく北京に赴任することになったのである。

2　北京空港の検査機器でパソコンが見つかる！

北京空港に着いて手荷物検査場があり、本来は係官が指示した人だけが検査機器に荷物を入れるのであるが勝手が分からず自分で入れてしまった。荷物の中にパソコンが入っており、当時は勝手に持ち込むことはできず課税されるものであった。女性係官はそれを見つけ中国語で、「荷物を開けろ！」と言い出し、私は事情が分からないふりをしてゆっくり、わざとゆっくりゆっくりとお土産の荷物から開け始め、さすがに後続の荷物で検査レールは渋滞しだした。女性係官は私が日本人であることが分かって、両手の親指を前に出してピクピクと動かし、「ゲーム機か？」と言った。すぐさま私は首を縦に振ったところ、係官は、「早くかたづけて行け」と指示した。パソコンと分かれば没収となったが、その難は逃れることができたのである。

北京の営業本部は日本企業が入る発展ビルにあった。住居はホテルの中の一角にあるマンションで、会社へは専任運転手と社用車で通うのであった。日本の会社が入っている発展ビルに初出勤し、仕事が終わった後に近くの日本焼き鳥屋でM本部長とKセールスが歓迎会をしてくれた。ところが酒が入るや否やM本部長はKセールスに対し、「おまえの仕事のやり方は何だ！」と一方的にまくしたて、最初の日からケンカが始まり険悪な雰囲気であった。Kセールスは卸と酒を飲むとすぐに踊りだし（卸の中国人は喜ぶ）、M本部長の最も嫌いなタイプであった。しかしKセールスは仕事ができ、中国での販売データが全て頭に入っている言わば「数字人間」である。

3 総経理（社長）「会社を潰す気か！」

2週間も経たないうちに沈陽本社から総経理と会計部長が北京へ来て、総経理は、「現地法人を潰す気か？」と怒りまくった。Kセールスが売上実績の推移を説明をしたが、どうも双方の論議がかみ合わないことを感じた。つまり現地法人の製品が売れていないと、一方営業では売上げはそれなりに上昇しているという。そこで私は販売内容を分析し双方の主張の違いを正した。原因は、今工場から出荷されているのは日本からの輸入品であり、現地法人の製品は生産されても出荷されずにどんどん倉庫に溜まっていたのである。輸入品を大量に発注したためその輸入品が出荷され、先ずはそれを消化し輸入品が無くなったら現地法人の製品に切り替えることを説明した。このような分析もできないほど社内マネージメントができていないことが分かったのであった。

日本からの引っ越し荷物がなかなか届かず、北京空港で止まっていることが分かった。私の北京での役職を現地法人ではなく「日本出張所の所長」と申請したため、その認可に3か月の時間がかかるというのであり、北京での生活に支障をきたすことになった。中国のスーパーに買い物に行くのだが、日本人としてどれも買う気になれずいつも豆腐くらいしか買えなかった。1996年の北京は街中が暗く日本の20年前を思わせる雰囲気で、日本人は中国人を見下した態度をとっていた。あちこちに10年にも及んだ文化大革命の影響を引きずり、当時は大学も封鎖されていたため、「あの頃の大学生だった中国人は勉強してないので使いものにならない」と言われ、文化大革命の騒動で中国は50年も発展が遅れたと感じさせた。中国での営業の仕事は「カラスが鳴かない日はあっても問題は毎日たくさん発生」する状態であった。

4　3か月目に「脱水症状で危篤状態に！」

丁度3か月が過ぎようとしていた時、日本からお客さんが来てみんなで一緒に会食をした。9時に帰宅したが気持ち悪くなりトイレに駆け込み吐き、お腹も痛くなってひどい下痢と嘔吐が繰り返す状態であった。トイレから出てきたらまたトイレへ、それが何度も何度も一晩中続いた。自分の身体が異常事態にあることが分かったが異国に赴任して3か月であり、翌朝まで我慢することとしたが、意識はだんだん朦朧として気を失い唇も震えだした。「異国で死ぬとはこういうことなんだ」ということが脳裏をよぎった。

朝4時半過ぎて日本採用の中国人に電話をし、直ちにタクシーでインターナショナル診療所に向かった。そこに着いた時には脱水症状の極限状態になり、身体の筋肉という筋肉が全て反り返って、その激痛は今まで経験したことがなく我慢できずに「うわー！　ウワー！」と叫びながら手足をバタバタと暴れ出すこととなった。周りの人が両手両足を押さえつけて直ぐに点滴の対応をしたが、ドクターから、「上の血圧が60まで下がり危ない！　これから救急車で日中友好病院へ運ぶ」という声が遠くに聞こえた。既に朝7時近くになっており道路は渋滞したが、点滴が効いてきたのと暴れて疲れたのかあの激痛が徐々に引いていった。日本の本社に「危篤！」の電話が入り、会社から妻に「危篤、北京へ行く準備を」との電話が入った。妻は「助けてください！」と言ったという。改めて日本側に「中国は大変なところだ」ということが認識されたのだった。

5 消化器製品の価格値下げでM本部長判断ミス

M本部長は営業で市場を開拓する能力があるも、労務管理やマネージメント能力に欠けていた。会議ではKセールスを、「ボケーッとしている！」となじるのが常であった。1年半が経過するころ北京市から通達が発令され、消化器領域製品の値下げであった。しかしM本部長は、「これは一般の薬剤を指しており、ウチのGaはブランド登録なので違う」と言い張るばかりであった。しかし各病院での対応が徐々に分かりだし、通達は当社Gaもそれに含まれるということが判明し大騒ぎとなった。北京市からその値下げ分の請求が起こり、最後は沈陽本社のある遼寧省薬務（卸）に依頼し、両者3日間崑崙飯店で交渉を行ないその金額が確定した。M本部長は、「この責任は自分にある。今後は本部長職をどちらかがやってくれ」と言ったが、それを2日後には、「あれは言ってみただけで撤回する」といった。またM本部長は「日本へ行ってきます」と毎月のように社用として帰っており、何と「就労ビザ」を取っておらずに中国に来ていたことが分かった。

2年2か月が過ぎようとした時、日本の妻から電話が入り、「長女が倒れた（極度のストレス）ので近くの病院に運んだ」とのことで急遽日本へ帰国した。長女は都内の私立中高一貫校に入学したが、その学校に馴染めないばかりか反抗期でもあり妻と言い争いが絶えなかったのである。下には妹がおり家族が女ばかりの3人で、妻も性格がきつく家族には男親が一緒にいることが必要だったことを痛感した。人事部長に家の事情を手紙で知らせ、日本への帰国を要望したところ東2支店業務責任者に異動となり2年と2か月での帰国となった。

北京のKセールスはそれから半年も経たない中、脳卒中にて50歳という若さで無くなった。独身で大酒のみの不規則な生活を繰り返し、糖尿病と高血圧のため、「ドクターから中国へ行ったら死ぬぞ」と言われていたのである。彼の故郷の淡路島で葬儀が行われ、私も東京から参列し早すぎる死を悼んだ。M本部長はその半年後に本社総務室に異動（降格）となった。

赴任時の北京は暗くて住居も停電がよくあり、Kセールスは深夜マンションに帰りエレベーターに閉じ込められたり、またタクシーが遠回りをするので運転手とケンカになり高速道路の途中で降ろされたり、M本部長は朝会社に遅れて来て「トイレの鍵が開かなくなって閉じ込められた」などトラブルは当たり前の状態であった。信号も少ないので守る人は少なく、「信号が無いところの横断をスムーズに渡ることが出来るようになったら一人前になった」と言われた。地下鉄は1本しか走ってなく皆はバスで移動し、乗る際に並ぶということをしないので乗るのに競争であった。並ぶという習慣ができたのは北京オリンピックの時で、大きな看板で「文明社会で乗り物に乗るには並ぼう」と各地に掲げられた。

殺人事件など大事件は少ないがコソドロが多く、会議室でちょっとトイレに行くのに背広を椅子に掛けて戻ると背広の内ポケットの万年筆が無くなっていたり、鍵を掛けずに事務室を離れて戻るとカメラが盗まれていたり何か無くなるのは日常茶飯事であった。各ビルの玄関には警備員が配置され、事務機を持ち出すには会社の証明書が必要であった。

［V］　瀋陽事件で2度目の中国赴任編

1　3年半後に再度の北京へ「隠し子がいる?」

東2支店を2年、その後東京事務センター長を1年半勤めている中で、中国での事件・騒動が耳に入ってきた。沈陽営業所の女性所長が父親の不幸のためその役職を一時女性学術部長に任せ、その所長が復帰して学術部長と女性同士の権力闘争となった。総経理が所長の方に軍配を上げたところ、学術部長はマスコミにドクターへのリベート内容をタレコミ、ついには当社抗生物質製品がCCTV（国営放送テレビ）ニュースに出るに至ったのである。ドクターへのリベートは勿論違法であり、当社製品の売上げはガタ落ち状態となった。日本本社はこの事態を憂慮し、現地法人の閉鎖も検討されることとなった。

ある日担当常務とエレベーターでばったり会い、常務は私に、「また北京に行かないよネ？」と独り言のように話をした。会社は中国での不祥事に対して、日本人５人の総取り換えを決めたのである。直ぐに国際事業本部の部長に電話し、「常務が再び北京へどうだ」と言うのでＯＫを伝えた。とんとん拍子で再度の北京行きが決まったが、人事課長から電話があり、「再びあんな北京へ行くなんて、今人事部ではきっと北京に隠し子がいるという噂でいっぱいだ！」と言ってきた。冗談で同じようなことを言う人がいるので、私も冗談で、「いやー、今度幼稚園なんですよ」と言葉を返すと、「アっ、そおー！」と本気にするので言わないことにした。

2　2度目の北京赴任「ＳＡＲＺまん延に線香?」

２００２年４月に２度目の北京赴任である。日本人は総入れ替えにて新たに赴任した５名は協力して業務にあたった。販売実績も事件の痛手を乗り越え、順調に回復していった。２００３年にＳＡＲＺ騒動が発生し、外部会議から事務所に戻ると事務所内は「線香の煙」がまん延していた。社員の家族がＳＡＲＺにかかったということから、ＳＡＲＺには線香の煙が効くという風評である。営業社員の多くは中国のドクターであり、さすがにＷ総経理は、「ドクターが多いのに、なぜ科学的な判断が出来ないのか！」とみんなを集めて注意を促した。日本本社から、「日本へ全員帰国せよ、しかし本社へは来るな⁉」という指示があり、日本へ一時帰国してからは喫茶店に集まるしかなかったのである。

中国は権力社会である。日本人総経理は日本で所長クラスの見識・人格レベル（支店長クラスは日本の営業本部が離さない）であり、中国に総経理で赴任すると「自分が権力をもった」と勘違いをし、その権力を振り回したがるのである。前のＶ総経理は、「私は人民大会堂で演説した（コネと金を払えばできる……のだが？）」と自慢し、新Ｗ総経理は、「私は大卒同期でトップの成績だったが、社長が自分を嫌って支店長にしなかった」と口にしていた。Ｈ常務（元上司の本部長）は、「今度のＷ総経理は今までより良いだろう」と私に言うも、私は、「マアーね??」と答えるしかなかった。

中国経済は毎年８％という高い成長をとげ、バスやタクシーは新しくなり高層ビルも林立して経済成長は素晴らしいことを実感するのである。中国女性の営業の突っ込みはすごく、優秀な成績を上げたのを営業所長に昇格すると全て女性が所長になってしまうほどである。今度はその女性所長の中から部長を選ぶと「マネージメントより個人の女性感情が先に立ち、必ずトラブルが多発する」のである。北京市内の道端でよく夫婦喧嘩でとっくみ合いを見かけるが、女性側が圧勝しており「中国の女は強い！」が実感である。

3　ぼったくり中国：各地での保険収載へ工作費

中国には最初に国家基本薬物への収載があり、次に病院に納入するには各省・各市の保険に採用されなければ保険適用にならない。これらに収載される為には多額の工作費（ぼったくり）がかかり、特に保険収載への審査ドクターへの工作が重要となる。中国には必ず国家基本薬物に収載させるという怪しげなコンサルタントもあり、実際にそのコンサル社にやむなく依頼（1品30万元？）したところ収載となり、さすが何でもありの中国だと感心した。

深圳市の保険収載工作に行き、保険収載の審査ドクター30名を接待した。最初は1テーブルごとに回ってカンペイ（乾杯）をするのだが、その後30名が一列に並んで順番にカンペイを要請するのである。中国のバイチュウ（白酒）68度もあるので、一種の日本人へのイジワルである。これを真面目に全部飲んで、急性アルコール中毒で死亡した他社の日本人総経理もいる。中国人は慣れたものでバケツを足下に置いてそこに流したり、タオルを用意してそこに含ませたり、ひどいのになると飲むふりをして後ろにバイチュウ（白酒）をポーンと投げ捨てるので絨毯はたまったものでない。この深圳市での接待は飲みに飲んで、各ドクターからは「こんなに飲んだ日本人はいない」との賞賛を受けた。

4　ＭＲは学術宣伝のみで販売は罰金！

中国で病院を訪問する営業マンは、「学術宣伝のみをし販売行為をしてはならない」となっている。実際はドクターに製品の宣伝をして採用をしてもらい、そしてドクターに「1箱いくら」のリベートを支払うのである。公安はこの内容を知っており、年末など小遣いが欲しくなると営業所のガサ入れを行なって証拠のパソコンや資料を持っていくのである。「なぜ学術宣伝なのに病院ごとの販売実績データがあるのか？　販売行為の証拠なのでハイ罰金！」というわけである。特に広州と南京市の公安はひどく、南京市では一斉に各会社のガサ入れを行なって罰金を請求してきた。Ｇ社は直ちに営業所を閉鎖（罰金支払い）し、当社はツテを頼って元公安実力者に収拾を依頼（罰金を少しまけてもらう）した。

しかしL社は、「ウチは悪くない（営業部長が中国人の日本帰化人で強気）！」と反発したため、公安は今度はいくつかの新聞に「L社は講演会のドクターに交通費名目でリベート支払い」なる記事をデカデカと載せ、公安からは「逆らうとどうなるか分かっただろう？」という電話もあったという。L社は北京市当局に依頼（北京市に工場新設）して手打ち式を行なった。

5　14億の中国：56民族の90％が漢民族

当時中国には文化と自然の世界遺産が38あり、それ以外でも見たいところがたくさんあって中国を旅行するのが楽しみであった。一番は何といってもシルクロードであり、新疆ウイグルからトルファン・敦煌を回るのである。天山山脈の氷河・雪解け水を流すため先ず山を縦にいくつも掘り、そして今度は横に掘った用水路が元砂漠であったトルファンを潤し葡萄とざくろが特産品となっていた。「陽関」はシルクロードの関所にて、詩人王維の「君に勧む更に尽くせ一杯の酒、西のかた陽関を出ずれば故人（友人）無からん」で有名である。周囲は土と石ころがどこまでも続き、乾燥した地平線の果ては陽炎でかすんでおり、この陽関の情景と王維の詩は酒を飲むと思い出す。また万里の長城の西の端は「荒れ果てた土手が寸断されて風化」した状態であり、これが中国4000年の歴史の一端かと虚しさも感じてしまう。

二番は黄山で鄧小平が70歳で登ったという。朝まで降っていた雨が止んで朝日が霧の間から射し、幾重もの山並みと雲海が眼下に見え幻想の世界であった。三番は九塞溝である。中国は14億の人口と世界で3番目に大きい国家である。そして56の民族からなり90％が漢民族である。特に新疆ウイグルは明らかに人種と文化が違うし紛争（独立）は絶えることがなく、この対処を誤れば中国存亡の危機になりかねず、まさに生命線と言えるものである。

幾度となく「反日デモ」が繰り返されるが、中国では当局の許可無しではデモを行なうことはできない。北京では当局がデモを煽ってペットボトルまで用意し、日本大使館前で気勢をあげてペットボトルを投げつけるのである。上海では日本料理店（中国人が経営）に暴挙をはたらいて石を投げ付け、学生らが当局に捕まりTVに顔写真つきで出されるという可哀そうな状況であった。当社を含め日本企業に働く中国人は「通勤時に下を向いて恥ずかしい思い」だというが、これも日中の政治が絡んでいるので現地日本人は頭痛の種ではあるが静観するしかない。

最初に中国に来て驚いたのは、労働者に「明日からもう会社に来なくてよい・クビ！」ということである。共産国には資本家がなく、雇う側も労働者の国家なので「労働者に対する保護や権利がなくてもよい？」と勝手に思ったがそうではなかった。中国は個人主義ではあるが、労働者としての権利や人権はなく共産党の国家であることが最優先していたのである。中国人は毛沢東には苦い思いがあり、絶大な人気の鄧小平が亡くなったとき仕事を中断して「葬儀のＴＶ放映を見せてほしい」と要望があり、一方の習近平は「共産党幹部への徹底した汚職摘発」で人気があるにすぎず、現在の中国経済の悪化による若者の失業率の高さはいつ爆発するのか心配である。

6　桂林で薬務局50名接待：「局長と北国の春」を歌う

中国薬務局50名の「桂林での会議と川下り接待」を行ない、会議後の宴会が始まり局長が私に歌えとの指示があった。中国でもヒットし『北国の春』、中国語で『我和你（私とあなた）』を歌い始めたところ、「局長も一緒に歌え」との声が出て、局長も一緒に歌って大いに盛り上がった。局長は今度は四川省の女性局員を指名し、「インターナショル（労働歌）を一緒に歌え！」と指示、労組専従でこの歌を知っていたので私は日本語で一緒に歌い局長は大喜びであった。翌日は有名な「桂林の川下り」となり、そこでも宴会をしながら一緒に景色を楽しんだ。船にはカラオケ設備があり、局長から再びリクエストが出され中国語の歌を次から次に歌った（当時、中国語の歌を50曲は歌えた）。局長は私に、「了不起（素晴らしい）！　好（ハオ）・プデリャオ（メチャ良い）！」を繰り返した。

武漢では2度薬務所長を接待し、上海からの新鮮な魚も美味しく大いに盛り上がった。突然通訳が訳さなくなったので、「何を話しているの？」と聞くと、「今所長の祖父・祖母が日本兵に殺された！」と話しているという。お互い人間同士が友好であっても、突如として負の歴史が現れるという日中関係の難しさ（侵略戦争の傷跡）を実感した。

7　王人事部長「男はポケットをいくつも持っている」

W総経理は赴任後の2年ほどは目立った仕事はしてなく、沈陽本社に行っては女性王人事部長と昵懇の間柄となっていった。この王人事部長は赴任前の調査コンサル会社（日本が沈陽事件から調査依頼）からの「要注意人物」であった。その調査コンサル会社のトップが女性で王人事部長と話をした際、「男の人はポケットがいくつもあって良い？」という話をしたことが「どうしても引っかかるので、女の勘だが王人事部長と本部長に注意した方がよい」と内々で私に話があった。W総経理は奥さんが日本から北京へ来る日でも沈陽本社から帰らず、沈陽の副総経理もTV会議で、「W総経理はどこへ行ったのか不明？」といぶかって見せた。W総経理から、「王人事部長は離婚問題をかかえ、受験競争の厳しい中で子供の成績も思わしくなくその相談にのっている」と言ってきたが定かではない。Ｗ総経理は総経理室で、「いつも女性秘書の髪をナデナデ！」していたので、秘書に厳しく対応をとるよう注意した。

Ｗ総経理・王人事部長と新人採用の会議を開いたときに、総経理が、「こちらの人が有名な大学を卒業しているのでこちらが良いのでは？」と発言、王人事部長はすかさず、「中国では卒業証書の偽物が売っているし、絶対に卒業で判断はしない」と注意した。いつも道路横の道端で野菜を売っているのを見かけるが、何を売っているか分からないが露店を広げているのがあり、あれは何を売っているのか尋ねると、「各種証明書の偽物、欲しい大学の卒業証書も売っている」とのことである。日本ではエジプトの大学卒業証書が本物かどうかが話題になっているが、中国もエジプトも同じ状況であろうし、中国人からしたら都知事選挙で、なぜ大学卒業証書が話題になっているのか分からないと思う。

中国では戸籍法で「農村から都会へ勝手に移動できない」ようにし、

また日系企業が中国人を採用する際は「たん（木に当）案」の管理が必須にて、個人情報即ち「個人の経歴・賞罰が記録」され共産党のみ見ることができるもので、中国という激動の歴史と現在の国情を表す最たるものであろう。

8 W総経理「査問会議の開催&通信記録を調査」

南京の黄所長は日本に留学して私と気が合い、南京で先ずお願いしたのは『南京事件大虐殺』記念館への訪問である。既に大型バスが数台並んでおり、中に入ると小学生がメモ紙をもって日本人兵が中国人を殺す模型やら、日本人としてとても直視できないものばかりであり、今この場で自分が日本人であることが分かったらどうしようとか恥ずかしい思いで一杯であった。その夜に卸の幹部の接待をしたが、挨拶の中で「南京へ来ることになり、最初に南京大虐殺記念館を訪問したかった」旨を話した。

その後も数度南京営業所を訪れたが、突然W総経理は南京の黄所長を解任してセールスに格下げをしその理由の説明をすることがなかった。

また私の部下の「張経理を沈陽本社に転勤させる」を言い出すなど当てつけと思える行動をとってきた。更には突然私の管轄であるセールス部門に対して、天津の李セールスを北京セールス室長への異動方針を言い出した。当時セールス劉部長が室長を兼務し、この劉部長は天才的な営業センスをもち衛生部当局にも絶対的な信頼関係を構築していた。新たな室長人事に混乱するのは必須で劉部長も含めてみな反対であることから、部下の張経理に「李セールスに内示があったら断るように」とことづけたのである。この出来事から1年近くが経過しようとし、忘れたころに李セールス室長への人事異動の発令があった。

その李新任室長は王人事部長に、「以前に北京から断るよう話があった」と1年前のことを話し、W総経理は、「会社発令に違反した」として日本人を集め私の査問会を開催したのである。しかし李室長はその前日に私の住居を訪問し、査問会はそちらでの話し合いに焦点がいきW総経理の考える方向にはならなかったのである。W総経理は張経理の携帯電話を取り上げ、半年間の通信記録を調べることとなった。しかし送信記録を調べたが1年も前のことなので見つけることはできず、今度は中国語のできる日本人（Q部長）を疑って同様に彼の送信記録を調べたのである。W総経理は、「おかしいな！　おかしいな？」と言いながらこの問題は立ち消えになった。この後F社との合併がありW総経理は退職優遇制度でY社を退職となるが、李セールス・女性秘書やW総経理に近い中国人は退職し、セールス部の劉部長は副総経理に昇格して文字通り中国人のトップになった。

9　日中サッカーで騒動「北京オリンピックは無理？」

北京赴任の3年が過ぎようとし、日本人C部長が北京に赴任してきた。C部長は当社に中途で別の同業他社からの入社でY社の営業スタイルとは違っていた。札幌の営業所長になったが支店長・業務部長の方針に盾突いて所長を降格し、W総経理に北京で受け入れるよう依頼があり赴任してきたのであった。従いC部長はW総経理にベッタリで盛んにW総経理を褒め称え、周りの日本人とも疎遠の仲となっていった。北京で「日本対中国のサッカー試合」が行なわれることになり、大使館からも騒動になる恐れがあるので日本人は行かないよう通達も出されていた。そこにわざわざ観戦に行き、試合後にバスの中に閉じ込められたのである。バスが解放されてC部長は日本のTV局が出口通路でインタビューを待っているところにわざわざ行き、「これでは北京オリンピックは無理ですね！」と話し、これが日本でＴＶ放映されたと自慢するという恥ずべき愚行である。

10　女性MRが自殺「労働局にノルマが原因と訴え？」

南京の女性営業部員がマンションから投身自死をし、会社は「これは会社に関係ない」として葬儀には見舞金にて処置をしたのみであった。しかしこの処置は間違いであり、遺族が「原因は営業の厳しいノルマにあった」と労働局に訴える恐れがあり、それが認定された場合「その子供が成人するまで会社が養育費を払うことになる」という。先ずは本社のある労働局にその届けをし、そして南京市の労働局に報告する必要があった。しかしW総経理は「当社には関係ない！」と猛反対して収拾がつかず、従いW総経理を無視してQ部長と対策を行なっていった。予想通り遺族が労働局に訴えを起こした。南京出身の親しい弁護士とともに南京市の裁判所副長官・市役所の幹部などと接待を繰り返し、その関係から解放軍の幹部家族とも食事を共にした。裁判所の副長官曰く、「こちらは連合軍（向こうはイラクフセイン）なので大丈夫！」という。あとは労働局の最終判断を待つのみとなった。その労働局の裁定は「当社に原因はない」と出されるが、当裁定前に私は人事異動により北京を2006年3月に離れ帰国した。

[Ⅵ] 再見！ 中国（日本帰国）&Y社退職編

1　退職勧奨（首切り）＆Y社退職

２００５年F社と対等合併となった。F社は産業別労組において主流派、いわば労働運動としては敵対関係にあったのである。２００６年３月につくば研究所の子会社（総務経理を担当）の所長に赴任した。合併で人員が過剰となり、優遇制度による最後の退職募集があった。その一方会社は退職を促す人もあり、退職してほしい人に「あなたに新しい職場はない」と厳しい対応（勿論退職金は優遇）をしたのである。その時その人の顔色がサーと青く引いていくのが分かったが、「ハッキリ言ってもらったのでよく分かった」と言ってくれ、労組専従を経験してきた自分が「今度は首切りか！」と嘆いた。

丁度、元U委員長は会社（臨床治験）を立ち上げて軌道にのり、北京へ営業所を新設するので来ないかとのお誘いがあった。２００８年北京オリンピックの年に3度目の北京赴任である。その後北京で3年間無事勤め、60歳になる２０１１年1月に日本に戻り元Ｕ委員長と新しい事業（製薬会社へのＭＲ派遣）に取り組むこととなった。3月11日東日本大地震と福島原発問題が発生し、多くの中国人から心配してメールが入った。

2　Y社Q部長に相談「中国撤退に公安工作」

　その後日本の超大手企業から企業買収がかかって傘下に入り、元U委員長も当会社から全て離れることとなった。傘下にあたり中国撤退が決まったが、社の顧問弁護士から「撤退は問題が発生し難しい」との意見が付き、社長から呼ばれて撤退の指示を受けることになった。即ち、中国からの撤退には当局が嫌がって難癖をつけ、また従業員への補償問題が絡んできて、韓国企業は夜逃げすることが度々ニュースで取り上げられていた。そこで「困った時のY社Q部長」に相談したところ、先ずは北京公安との接待の場を設けることとなった。Q部長は中国一筋に仕事をし、特に当局とは特別の関係を持っていた。接待には北京公安から2人が来たが、私を覚えており「少し痩せたのではないか?」と言われ、当方の相談に対しては協力・了解を得ることができた。

その後従業員への補償もスムーズに進み、何ら問題も発生することなく無事に中国から撤退することができ、社長とＱ部長の会食接待をした。その際Ｑ部長は「上海万博を見たが、中国は発展し大きく変わったことを実感した」と言った。Ｑ部長とはＹ社で一緒に仕事をし、特に当局への的確な判断と対応にはいつも感嘆の思いがしていた。２０２３年１月にＱ部長からメールが届き、３月に「中国勤務を終了し日本へ帰国」ということであった。しかし、その３月に中国当局から〝スパイ容疑で拘束〟との衝撃ニュースである。既に１年半が過ぎようとし、今は只々速やかな解放を願うばかりである。

3　退職で仕事を全て終了・悠々自適？

２０１５年64歳で退職することとなった。いろいろ考えて大連交通大学に語学留学することを決めた。中国に最初に赴任したのが45歳であり、特に語学はもっと若い時から始めるべきことを痛感するのであった。中国での仕事中ではいつも専任通訳が傍におり、中国語の勉強はしていたが上達することはなかった。日本の文化や生活の状況も無理に聞くこともなく、ある時期の日本の情報は全て無視もした。ＡＫＢ48は秋葉原のことかと思っていたり、日本の文化（歌・娯楽・ＴＶ内容）が抜けることにもなった。日本に帰国して驚いたのは日本の「ＴＶ番組のくだらなさ」であり、今は日本のＴＶ番組は見ることがなくネットで中国ＣＣＴＶを見ている。

北京&つくばと単身赴任であり、合計13年に及ぶ単身生活であった。しかも労組専従時代には飲み会と出張で、まず家にいることがなくワンオペそのものであった。長女が薬剤師として薬局に勤めることとなり、ある夕方に雨が降り出し妻が「長女が傘を持っていかなかったので駅まで迎えに行って欲しい」とのことであった。和光市駅は改札口が一つであり、傘を持って改札口で待っていたが、長女の顔が分からず長い時間待っていたが会えず、家に電話したら既に家に着いているという。これが2度も続き、やはり家族は一緒に暮らすものだということを実感した。これを次女の彼氏と初面談の際に話し、次女の結婚式で紹介されることとなった。

1年間の語学留学を終え、今度は訳あって孫2人の面倒を見ることとなった。ＹｏｕＴｕｂｅで「自然農の野菜づくり」にめぐり合い、「農薬なし・肥料なし・不耕起」の野菜づくりにハマることとなった。田舎には広い畑があり、早速自然農による野菜づくりをスタートすることになった。地球温暖化で地球の存続危機が叫ばれ、国連ではＳＤＧｓ（持続可能な社会）の運動が展開される中、斎藤幸平の『人新世の「資本論」』を読んで大いに共鳴し将来に希望を持つことになった。今我が人生を振り返るとともに、残された自分の人生でやるべきことが明確になり大変うれしく喜んでいる。

あとがき

　2021年毎日新聞と文芸社が共同にて「自分史」を募集し、改めて自分の人生を振り返り人生の最後の証として書くこととした。その結果は勿論入賞しなかったが、文芸社から「書籍にしないか？」との提案があり、これは自分史でありあまり他人に見せるものでないこと、また年金生活でもありお断りをした。その後2023年に今度は文芸社より3つの出版方法の提案があったがこれもお断りをし、今年2024年に「三顧の礼」ならぬ3度目のご提案があった。私の人生もだんだんと残り少なくなってきており、当「自分史」の内容はY社での内容であるがY社は既になく、OB会の状況を見るにその時の社員も徐々に亡くなってきていることから出版に同意することとした次第である。

著者プロフィール

大＆高（おお　あんど　たか）

福島県出身。

我が闘い　労組12年・秘書6年・北京11年

2025年２月15日　初版第１刷発行

著　者　大＆高
発行者　瓜谷 綱延
発行所　株式会社文芸社
〒160-0022　東京都新宿区新宿1－10－1
電話　03-5369-3060（代表）
03-5369-2299（販売）

印　刷　株式会社文芸社
製本所　株式会社MOTOMURA

ISBN978-4-286-26191-1